D0461415

La hermosa Señora
Nuestra Señora
de Guadalupe

por

Pat Mora

ilustrado por

Steve Johnson & Lou Fancher

Traducido por Adriana Domínguez y Pat Mora

Alfred A. Knopf 🐕 New York

Text copyright © 2012 by Pat Mora
Cover and interior illustrations copyright © 2012 by Steve Johnson and Lou Fancher
Translation copyright © 2012 by Adriana Domínguez and Pat Mora

All rights reserved. Published in the United States by Alfred A. Knopf,
an imprint of Random House Children's Books, a division of Random House, Inc., New York.

Knopf, Borzoi Books, and the colophon are registered trademarks of Random House, Inc.

Visit us on the Web! randomhouse.com/kids

Educators and librarians, for a variety of teaching tools, visit us at RHTeachersLibrarians.com

Library of Congress Cataloging-in-Publication Data
Mora, Pat.
[Beautiful lady. Spanish]
La hermosa Señora : Nuestra Señora de Guadalupe / por Pat Mora ; ilustrado por Steve Johnson y Lou Fancher ;
traducido por Adriana Domínguez y Pat Mora. — 1st Dragonfly Books ed.
p.   cm.
Summary: Grandma Lupita tells her granddaughter Rose and Rose's friend Terry the story of Our Lady of Guadalupe,
a miracle that occurred near Mexico City in 1531. Includes facts about the event and its influence.
ISBN 978-0-375-86840-5 (pbk.) — ISBN 978-0-375-96840-2 (lib. bdg.)
1. Guadalupe, Our Lady of—Juvenile fiction. [1. Guadalupe, Our Lady of—Fiction. 2. Aztecs—Fiction. 3. Indians
of Mexico—Fiction. 4. Miracles—Fiction. 5. Mexico—History—16th century—Fiction. 6. Spanish language
materials.] I. Johnson, Steve, ill. II. Fancher, Lou, ill. III. Domínguez, Adriana. IV. Title.
PZ73.M6375 2012
[E]—dc23   2012004101

ISBN 978-0-375-86838-2 (Eng. trade)
ISBN 978-0-375-96838-9 (Eng. lib. bdg.)

MANUFACTURED IN CHINA

10 9 8 7 6 5 4 3 2 1

Random House Children's Books supports the First Amendment and celebrates the right to read.

En memoria de mi padre,
Raúl Antonia Mora, quien amaba a Nuestra
Señora de Guadalupe, y de mi amiga
Rose Treviño, una excelente bibliotecaria
y promovedora del alfabetismo.
—P.M.

Para Nick
—S.J. & L.F.

—¡Mira! ¡Ya acabé! —dice Terry mientras muestra una radiante flor de papel rojo.

—Gracias por enseñarle a Terry cómo hacerlas, abuelita Lupita —le digo.

—Yo hacía flores como estas con mi abuelita en México —dice abuelita Lupita—. Cuando íbamos de la mano juntas al mercado, siempre veíamos flores de papel inmensas de muchos colores, como las amarillas, anaranjadas y rojas que se hallan en la sala. Estoy muy feliz de que hayan venido a visitarme durante este frío día de diciembre, mis niñas queridas.

—¿Quién es esa hermosa señora? —pregunta Terry—. Me gustan las estrellas doradas en su manto. También me gusta su cara.

—Esa es Nuestra Señora de Guadalupe. Hoy es su día especial —dice abuelita—. Cada diciembre, Rosa y yo creamos bellas flores para colocar alrededor de su estatua.

Y cada diciembre, abuelita Lupita me cuenta la historia de Nuestra Señora de Guadalupe.

—Hace mucho tiempo —comienza abuelita— *durante una mañana fría de diciembre, cerca de lo que hoy es la Ciudad de México, un señor llamado Juan Diego se puso su tilma, o manto, y comenzó a caminar hacia la iglesia. Cuando caminaba, oyó un hermoso canto de pájaros que circulaba en torno a la cima del cerro Tepeyac.*

Curioso, Juan Diego miró hacia arriba. De pronto, los pájaros callaron.
Juan Diego solo oyó el sonido del viento. En ese momento, Juan Diego vio
una luz resplandeciente en la cima del cerro.

Con mucho cuidado, abuelita tira del papel doblado en sus manos para formar unos pétalos rojos.

—Por favor sigue el cuento —dice Terry—. ¿Qué sucedió?

Abuelita sonríe y continúa:

Como la luz de la mañana, como si el mismo Sol hubiera descendido a la Tierra, el cerro resplandecía. En medio de toda esa luz suave había una hermosa Señora —dice abuelita, alzando la estatua—. Su manto cubierto de estrellas, brillaba. Ella flotaba sobre una tajada de luna. Su piel era morena y hermosa. La Señora sonreía.

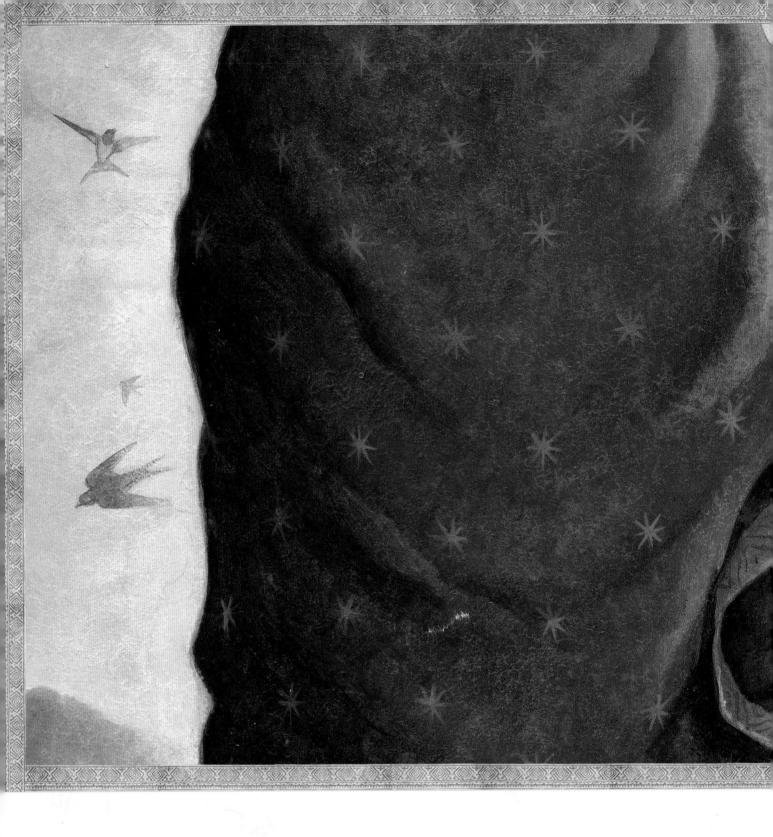

Juan Diego se preguntó quién sería esa Señora rodeada de luz.

"Juan Dieguito", dijo la Señora. Su voz era como una canción,
como la melodía de un río.

La Señora le pidió a Juan Diego que visitara al obispo de la ciudad y le pidiera que construyera una iglesia allí, sobre ese mismo cerro. Ella deseaba que la gente tuviera un sitio donde descansar y rezar.

Juan Diego comenzó a bajar por el sendero de tierra. Era un hombre bueno y quería hacer lo que la Señora le había pedido, pero no conocía al obispo, quien era una persona muy importante.

Cuando Juan Diego llegó al palacio, había mucha gente esperando para hablar con el obispo. Juan Diego se quedó allí en silencio. Esperó y esperó y esperó.

"No quiero defraudar a la hermosa Señora", pensó Juan Diego.
Finalmente llegó su turno de hablar con el obispo. El obispo lo escuchó
y pensó. Pero luego le dijo que necesitaba una seña, una prueba de la
hermosa Señora.

Juan Diego deseó poder construir la iglesia él mismo. Regresó a casa lentamente, pasando por el cerro Tepeyac sin hacer ruido, con la esperanza de no volver a ver a la Señora. No quería tener que decirle que el obispo no estaba dispuesto a construir su iglesia.

"Juanito", lo llamó la Señora. Juan Diego miró hacia arriba y vio a la hermosa Señora. Rayos de luz centelleaban a sus espaldas.

Después de marcharse del palacio del obispo, Juan Diego pasó silenciosamente por el cerro Tepeyac, pero una vez más, oyó esa voz, dulce como la melodía de un río: "Juanito, por favor, vuelve a ver al obispo mañana".

Esa noche, Juan Diego se sentó sobre su roca preferida y dirigió la mirada hacia sus estrellas favoritas y al tajado de Luna. Miró al cielo que lo acompañaba noche tras noche. Observó las siluetas de los volcanes y los cerros. Pensó en los gorriones, las lagartijas, el maíz y las rocas que dormían a su alrededor, en la oscuridad. Le recordaron a su madre, quien también amaba las estrellas y la Luna.

Pensó en la Señora. Ella era bondadosa y dulce, como su madre. Con la luz que la rodeaba, las estrellas de su manto y la tajada de Luna bajo sus pies, la Señora era hermosa, como la Tierra y toda la luz que la rodeaba.

Juan Diego rezó. Deseaba poder despertar y ayudar a construir la iglesia para la Señora, pero el obispo necesitaba una seña de ella.

Al día siguiente, mientras Juan Diego observaba el amanecer, pensó en la luz que rodeaba a la hermosa Señora. Se puso su tilma y cambió de rumbo con la esperanza de que la Señora no lo vería. Observó la nieve que comenzaba a caer.

"Juanito", oyó otra vez. Juan Diego vio a la Señora que bajaba del cerro para encontrarse con él.

"Lo siento mucho, Señora", dijo Juan Diego suavemente, "pero el obispo necesita una seña suya".

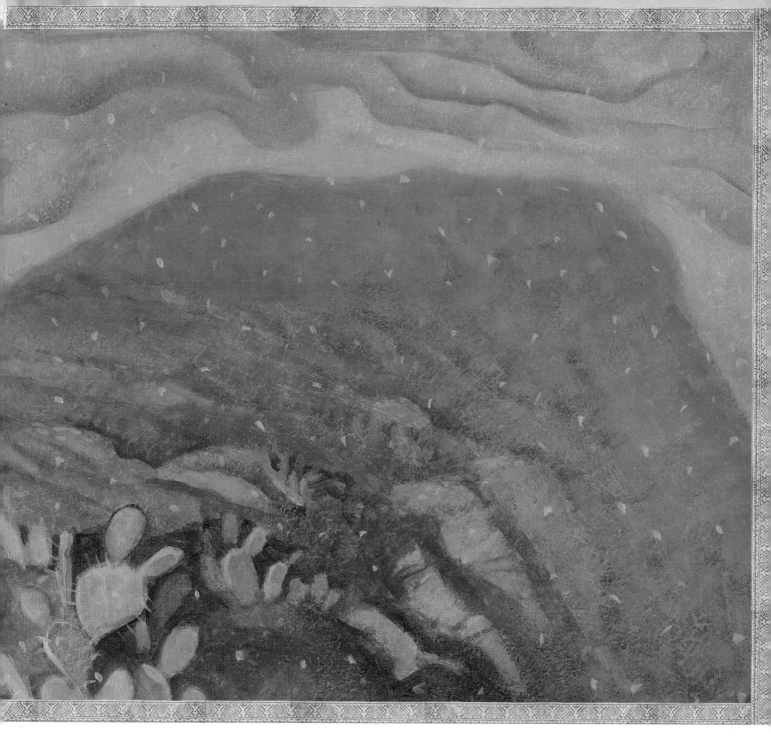

Como una madre cariñosa, la Señora le sonrió. Señalando hacia arriba, le dijo: "Ve y tráeme en tu tilma las flores que crecen en la cima del cerro".

"¿El cacto?" preguntó Juan Diego.

La Señora volvió a sonreír. "Las flores, Juanito", dijo.

Juan Diego pensó: "Es invierno. ¿Cómo es posible que hayan flores?".

Pero de todos modos trepó el cerro.

"¡Oh, Señora!" exclamó boquiabierto. ¡Las plantas brillaban como joyas y la
cumbre del cerro relumbraba con pequeños arcoíris! Y Juan Diego vio rosas, rosas
rojas hermosas que florecían sobre la nieve. Poco a poco, Juan Diego recogió las
flores en su tilma y se las llevó a la Señora, que lo esperaba abajo.

Con mucho cuidado, ella arregló las rosas dentro del manto de
Juan Diego. "Aquí tienes", le dijo. "Llévaselas al obispo".

Juan Diego corrió con cautela para no derramar las flores. Cuando entró precipitadamente al palacio del obispo, todos se detuvieron a mirarlo. En ese silencio completo, Juan Diego abrió su manto. Deseaba tanto que el obispo y los demás vieran las rosas de la hermosa Señora.

Cuando las rosas se derramaron de su manto, su dulce aroma flotó por la sala. Entonces, todos apuntaron hacia la tilma de Juan Diego. Él bajó la mirada. Allí, en su manto, ¡estaba la imagen de la hermosa Señora! Todos la vieron, y sorprendidos, observaron los rayos del Sol y las estrellas en su manto verde, y cómo flotaba sobre una tajada de Luna.

—Luego —dice abuelita— con mucho cariño, Juan Diego tocó su hermosa cara morena.

—¡El fin! —digo yo.

Abuelita sonríe y me da palmaditas
en la mano. Toca la cara de Nuestra
Señora de Guadalupe y dice: —Ahora,
mucha gente visita la famosa iglesia de
Nuestra Señora. Miran hacia arriba,
y ven la tilma de Juan Diego y la cara
dulce de Nuestra Señora de Guadalupe.

Abuelita, Terry y yo colocamos las flores alrededor de la estatua.

—¡Me encanta ese cuento, abuelita! —digo—. Tu nombre es Lupita, así que este es tu día especial también, ¿verdad?

Abuelita me abraza y dice: —Rosa, Terry, tengo una sorpresa para ustedes.

Nos guía hasta la cocina.

—¡Mira! —dice Terry— ¡galletas en forma de rosas!

—¡Huelen deliciosas, abuelita! —digo yo—. Rosas en diciembre. Una fiesta para celebrar a Nuestra Señora de Guadalupe.

Nota de la autora: Nuestra Señora de Guadalupe

Una de las historias más queridas de México es la del milagro de Nuestra Señora de Guadalupe. En diciembre de 1531, en el cerro Tepeyac, en lo que ahora es la Ciudad de México, Nuestra Señora de Guadalupe, la manifestación de la Virgen María más conocida de las Américas, apareció frente a un aldeano azteca llamado Juan Diego. Le pidió que acudiera al obispo y le solicitara que construyera una iglesia en su nombre. La historia cuenta que al principio, el obispo no le creyó a Juan Diego y le pidió una seña.

Históricamente y hasta el día de hoy, la imagen de Nuestra Señora de Guadalupe es un poderoso símbolo para los mexicanos, los descendientes de mexicanos, los latinos, los católicos y todos quienes hallan consuelo en ella. Llevaron su imagen los que lucharon en la Guerra de la Independencia de México en 1810, y aún la llevan hoy como símbolo de libertad y justicia los grupos que luchan por sus derechos, como los trabajadores campesinos de Estados Unidos. Su basílica original fue construida en 1709, reemplazando así a basílicas previas erigidas en el mismo sitio una vez que la devoción por Nuestra Señora creció. A su lado se halla la basílica moderna de Nuestra Señora de Guadalupe (inaugurada en 1976), la cual es uno de los destinos de peregrinación más populares de las Américas.

Gente de todo el mundo, de distintos orígenes y clases económicas, acude a pedirle ayuda, a cumplir con una promesa y a observar la tilma de Juan Diego, la cual, milagrosamente, aún preserva la imagen de Nuestra Señora sobre su tela de fibra de cacto. Durante el 12 de diciembre, su santo, millones de personas visitan el sitio. En el año 2002, la Iglesia católica canonizó a Juan Diego como el primer santo indígena de las Américas.

Nuestra Señora de Guadalupe también es conocida como "La Virgen Morena", "La Emperatriz de las Américas" y "La Patrona de Nuevo México". Nuestra Señora es celebrada en lienzos, murales y esculturas en iglesias, museos, obras de arte públicas y hogares, tanto como por medio de la cultura pop en calendarios, calcomanías para automóviles, recuerdos, tatuajes, alfombrillas para ratones, camisetas y libros para colorear.

Por mi parte, un gran cuadro de Nuestra Señora de Guadalupe colgó siempre de la pared de la recámara de mis padres. Ella representa la paciente y cariñosa madre que vela por sus hijas e hijos morenos y todos los que le piden su apoyo.